KB119910

한유리

불멸의 인절미

불멸의 인절미

한유리

위즈덤하우스

차례

유리는 여름과 함께 살았다. 그들은
보증금 1500만 원과 월세 75만 원을 절반씩
나눠 내고 신림동 반지하 쓰리룸에 방
하나씩을 나눠 가진 사이다. 남는 방 하나는
거의 복도나 다름없는 가짜 거실 대신 '진짜
거실'로 쓰자고 합의했지만, 유리도 여름도
살면서 '진짜 거실'을 가져본 적 없었기에 그
방은 현재 온갖 잡동사니를 밀어 넣은 창고
방이 되어 있다.

　"내일은 꼭 저 방을 치워봅시다. 용도에

맞게 꾸며보자고요."

유리가 말한다.

"네!"

여름도 말한다.

내일이 오면 유리와 여름은 방을 치우는
일을 제외한 다른 일을 한다. 두 여자는 늘
다른 일을 하느라 바쁘다.

유리는 단행본 한 권, 공저 한 권을 쓴
애매한 작가다. 첫 단행본이 출간된 지 아직
1년이 지나지 않았고, 초판도 다 팔지 못했기
때문에 글쓰기가 아닌 일을 더 많이 해야
한다. 예를 들면, 회사에 다니면서 월급을
받아 와야 한다. 그러나 그는 지금 다니던
회사를 퇴사한 상태다.

"그만두지 않으면 자살할 것 같았어요."

사표를 내고 온 유리가 말한다.

"잘했어요. 당분간 푹 쉬어요."

여름이 대답한다.

유리는 말없이 고개를 끄덕인다.

여름도 유리도 알고 있다. 그들 중 푹 쉴 수 있는 사람은 없다. 그들은 인생을 유료 구독 중인 노동자다. 유리는 조만간 파트타임 아르바이트라도 구해야 할 것이다. 사표가 수리된 순간 인생 구독 서비스 종료까지의 카운트다운이 시작된 것과 마찬가지이므로, 계속 살고 싶다면 자신의 의지와는 상관없이 적절한 타이밍에 맞춰 재취업 및 다음 출근을 해내야 한다.

"그래도 이번에 위즈덤하우스에서 쓰기로 계약한 소설이 잘되면 좀 오래 쉴 수 있지 않을까요……."

말끝을 흐리는 유리의 표정이 어두워진다. 자기 글이 그렇게까지 잘될 리가 없을 거라고 생각하는 사람의 표정이다. 여름은 그런

유리의 기운을 북돋우려는 듯 희망찬 어조로
질문한다.

"와, 진짜요? 어떤 소설인가요?"

"단편이에요. 우리 집 인절미가 영원히
죽지 않는 존재가 되는 이야기인데요, 제목은
〈불멸의 인절미〉입니다."

영원과 불멸을 발음하는 유리의 눈빛이
하얗게 빛난다.

인절미는 유리가 키우는 수컷 기니피그로,
부숭한 갈색 털가죽 위에 단추 같은 두 눈이
콕콕 박힌 타원형 생물이다. 이마에 돋은 흰색
털 한 쌈이 마치 브릿지 염색을 한 것처럼
껄렁해 보여서 너무너무 귀엽다. 유리는 7년이
넘는 세월 동안 기니피그 두 마리—인절미와
티라미수—를 돌봤는데, 작년에 티라미수가
죽고 인절미만 남게 된 후로 그 충격에서
벗어나지 못하고 있다.

"그렇군요……."

말끝을 흐리는 여름의 표정이 어두워진다.

인절미는 이미 늙고 병들어 상태가 좋지

않다. 애초에 집에서 키우는 기니피그의

수명은 길어봐야 대략 8년 정도다. 소설이

완성되는 것보다 인절미의 사망이 빠를

수도 있다는 뜻이다. 게다가 기니피그는

문학 분야에서 인기 있는 소재가 아닌

것 같다. 인지도 낮은 소동물 한 마리가

영원불멸해지는 이야기라니, 과연 잘될 수

있을까?

"인절미가 죽지 않고 살았다는 걸

기정사실로 박아둬야 해요. 그러려면

이야기의 시점을 엄청 먼 미래로

설정해야겠죠. 먼 미래의 우주, 그 시공간에도

인절미가 있는 거예요."

유리는 벌써 초고를 펼쳐놓고 여름에게

내용을 설명하는 중이다.

"소설은 강단에 선 외계인의
선언으로부터 시작돼요."

「여러분이 모두 아시다시피, 인절미는
위대한 삶을 살았습니다.」

"어때요, 중후하고 듣기 좋은 목소리죠?
그는 아주 지혜롭고, 오래 살았어요.
우주에서 가장 늙은 존재 중 하나예요. 저는
이 외계인의 이름조차 발음할 수 없지만,
그는 저를 포함한 다양한 존재를 이해해요.
수많은 언어에 자유롭게 드나들죠. 그의 말은
대부분 옳기 때문에 배움이 필요한 존재들이
경청하러 찾아오는데, 그가 들려주는
인절미의 긴 생애는 특히 재밌는 수업으로
소문이 나 있어요."

설정을 부여받은 외계인이 우아하고
아름다운 몸짓으로 즐거움을 표현한다. 그가
말한다.

「지금 이 자리에 인절미를 사랑하지
않는 분도 계실까요? 그럴 리가 없죠. 저는
여러분이 인절미를 얼마나 사랑하는지
이해합니다. 그 작은 기니피그가 지구 출신
동물로서 우리 문명에 끼친 거대한 영향에
감탄하는 건 늘 기쁜 일이지요. '지구동물
인절미의 이해: 인간 유리의 일기를
중심으로'를 경청하러 와주신 모든 분들께
감사드립니다.」

보이거나 보이지 않는 청중들이 각자의
방식으로 기쁨과 감사에 공명한다. 강단에 선
외계인이 계속 말한다.

「인절미는, 인간의 분류에 따르면 척삭동물문 포유강 설치목 천축서과에 속하는 갈색 털 기니피그로, 대한민국 경기도 출신입니다. 여기 지구본에 작게 구획된 반도가 보이시나요? 네, 인절미는 이 땅을 그물처럼 뒤덮고 있는 유통 판매업자의 소유물로 태어났습니다.

인절미의 탄생 연도를 정확히 알 수는 없지만, 2016년에 인간 유리에게 소유권이 이전되었고, 2023년까지 유리의 집에서 관상용 가축으로 생활했다는 내용은 사실인 것으로 확인되었죠. 그는 2024년 초에 유리의 집에서 탈출해 보라매공원 등의 주요 거점을 거쳐 생존하다가 지구 밖 문명과 접촉하게 됩니다.

우리에겐 지구를 떠난 이후 인절미가 보여준 모습이 더 익숙할 거예요. 가축, 상품,

물건 등으로 분류되었던 인절미는 상상하기
어렵습니다. 그러나 분명 우리 문명에서
인절미가 활약했던 역사를 살펴보는 것
또한 중요하겠지만, 그래요, 그 작업에도
우리는 긴 시간을 투자해야 할 거예요…….
그렇지만 이번 시간에는 그의 활동의 뿌리가
되었던 경험, 지구에서의 삶을 심층적으로
다뤄보려고 합니다. 그렇게 하기 위해 인간
유리의 일기를 참고할 거고요.」

　　여름은 외계인의 이야기에 흥미를 느낀다.
여름이 재촉한다.
　　"더 얘기해봐요."
　　강단에 선 외계인의 설명이 이어진다.

　　「인절미를 소유했던 인간, 유리는 매일
여러 개의 짧은 메모, 혹은 여러 메모를

통합한 일기를 남겼습니다. 그는 인절미에 관해 총 213일 분량의 기록을 남겼는데, 인절미가 관여할 수 없었던 인간중심적인 기록이기에 몹시 불완전합니다만, 인절미의 과거, 인절미와 인간의 관계를 이해하고자 하는 연구자들에게는 너무나도 중요한 자료로 평가받고 있죠.

놀라움을 느끼는 분들이 계시는군요. 인절미와 같은 엄청난 기니피그와 살면서 겨우 그 정도 분량밖에 기록하지 않았단 말인가?

맞습니다. 당대 인간에게 기니피그의 삶이란 그다지 관심을 기울일 만한 문제가 아니었습니다. 보통 인간의 삶엔 '더 중요한 일'이 많으니까요. 유리가 인절미에 관해 기록한 분량은 인간이 작성한 기록치고는 병적으로 긴 편이라는 사실을 아셔야 합니다.

우리는 지구에서 기니피그로, 비인간으로
산다는 것의 의미를 아직 잘 모릅니다.

　　인간은 자신과 접촉하는 모든 상대를
인간과 비인간으로 나눠서 인식합니다. 알고
계셨나요? 비인간이란 인간의 필요에 맞춰
사용되는 도구적 존재라고 할 수 있는데, 주로
먹이로 사용되곤 했죠.」

　　강단에 선 외계인이 잠시 말을 고른다.

「그리고 인간에게는 배가 불러도 먹이를
먹는 특이한 습성이 있었습니다.」

　　이 사실을 처음 듣는 청중들 사이에
전율이 흐른다. 인간의 습성이 어떠한지 익히
알고 있었던 몇몇 존재가 인간에 의해 절멸한
비인간들의 기억을 주변에 나누며 돌이킬 수

없는 상실의 무게를 분담한다.

「전체 비인간 동물 중 아주 극소수만이
특수한 목적을 가진 가축, 소위 말해
'반려동물'로 활용되었습니다. 그중에서도
다시 극소수의 반려동물만이 인간에게
죽임당하거나 버려지지 않고 천수를
누립니다. 그렇게 살아남은 동물들조차
먹이에 견주어 불리는 경우가 흔했죠.
인절미처럼요.

    '인절미'는 찹쌀을 열기 띤 습기로 익혀
여러 번 때려서 찰기를 더한 다음 겉면에
볶은 콩가루를 굴려 만드는 음식입니다.
인간 유리는 그 음식의 노르스름한 색이나
뭉툭하게 덩어리진 모양, 말랑한 촉감이
인절미의 몸과 비슷하다고 여겼던 것
같습니다.」

유리는 문득 슬픔을 느낀다. 인절미를 떠올리면 치밀어 오르는 뭉클하고 아린 기분, 그 애가 터지거나 으깨질 때까지 깨물어주고 싶지만 절대 그럴 수 없는 현실을 견디기가 힘들어서 누군가를 대신 때리기라도 하고 싶은 충동이 '인절미'라는 이름에 이미 포함되어 있고, 인절미가 그 모든 인간적인 행위를 원하지 않았을 가능성이 크다는 점까지 저 외계인이 짚고 넘어갈까 봐 두렵다.

그는 펼쳐놓은 초고를 주워 담으며 오늘은 여기까지, 라고 말한다. 여름은 아쉬워하며 자기 방으로 돌아간다.

소설을 쓰지 않는 동안 유리는 약을 먹고 잠을 잔다. 자다가 느지막이 일어나 두유에 시리얼을 말아 먹고, 집을 청소하고, 세탁기를 돌리거나 빨래를 넌다. 중간중간 인절미의

집에 건초를 넣어주고, 기력이 부족해서
건초를 충분히 먹지 못하는 인절미를 위해
기니피그 전용 영양제를 물에 개어 주사기로
먹이는 일도 잊지 않는다. 인절미가 바늘을
제거한 뭉툭한 주사기 끝에 입을 대고 죽
형태의 영양분을 허겁지겁 받아먹는 모습은
유리를 안도하게 한다. 언젠가 이것조차 먹지
않으려 하는 날이 올 것이다. 티라미수가 죽기
전에 그랬던 것처럼.

해가 뉘엿해질 즈음, 유리는 집 근처
마트로 가서 미나리 한 봉지와 껍질을
벗긴 고구마 순, 죽순을 한 주먹 사 온다.
고구마 순은 간장에, 죽순은 들깨 커피와
두반장에 볶아 인간이 먹을 밑반찬으로
만들고, 미나리는 흐르는 물에 씻어 상한
부분을 깨끗이 손질한 다음 인절미에게 준다.
인절미가 기쁨에 겨워 펄쩍 뛰어오르더니

활기차게 미나리를 갉아 먹는다. 여름과
밥을 차려 먹고, 밥상을 치우고, 책상 앞에
앉아 책을 읽거나 침대에 누워 쉬고 있는
동안 인절미 있는 쪽에서 쉬지 않고 미나리
사각거리는 소리가 들린다.

밤이 오면 유리는 운동을 하러 몸&맘
치료 센터로 간다. 몸&맘 치료 센터는 사이비
종교 집단에서 운영하는 신비한 치료 센터로,
수련 내용이 구민센터 요가 프로그램—주
2회, 한 달에 10만 원—과 거의 일치한다.
수업료는 주 5회 기준 한 달에 5만 원이다.
믿을 수 없을 정도로 저렴하다.

'삶이 레몬을 주면 만들어
레모네이드'라는 서양 속담이 있다. 그러나
유리의 삶은 레몬처럼 비싼 과일을 거저 준 적
없었다. 유리는 이 속담을 다음과 같이 바꿔
생각한다.

삶이 모르몬교를 주면 배워라 영어.

삶은 유리에게 사이비 종교 집단을
주었고, 유리는 기꺼이 받아들였다. 몸&맘
치료 센터에서의 시간은 유리의 부족한
운동량을 적절히 채워준다. 비록 요가 동작
사이에 동의할 수 없는 설교와 찬양 소리가
들려오긴 하지만, 참지 못할 수준은 아니다.

운동을 마치고 집으로 돌아간 유리는
얼굴에 진한 화장을 얹은 채 핸드폰을
들여다보고 있는 여름을 본다.

"출근하는 날 아니에요? 왜 아직 안
갔어요?"

유리가 여름에게 묻는다.

"가게에 경찰 왔대요."

여름이 핸드폰에 시선을 고정한 상태로
대답한다. 핸드폰 메신저에 뭔가를 입력하는
손놀림이 몹시 바빠 보인다.

"손님으로, 단속으로?"

"단속으로."

여름은 '2차'가 가능한 유흥업소에서 일한다. 단속 나온 경찰을 마주치면 여러모로 곤란해지는 일이다. 그는 '실장'과 몇 차례 더 메시지를 주고받다가, 경찰이 가게를 떠날 때까지 집에서 기다리면서 추이를 보기로 결정한다. 이대로 순순히 출근을 포기하기엔 공들여 차려입고 화장한 시간이 아깝다. 유리는 여름의 꾸민 모습이 헛되이 날아가지 않도록 인스타그램에 올릴 만한 사진을 몇 장 찍어준 다음 간식거리를 챙겨서 컴퓨터 앞에 앉는다.

이제 글쓰기에 집중해야 할 시간이다.

유리가 소설을 쓰기 시작하자, 강단에 선 외계인이 말린 몸을 펼치고 입을 연다. 지난

시간에 이어, 그는 인간 유리가 기니피그
두 마리의 이름을 각각 떡—인절미—과
케이크—티라미수—이름으로 지었다고
설명한다. 그리고 설명이 부족했던 부분을,
그러니까 누가 누구를 자기 밥으로 여길 수
있는지, 따 먹히는 존재들 간에 어떤 연관성이
있는지를 조금 더 설명하다가 인절미라는
걸출한 동물에 초점을 맞춘 이야기로
자연스럽게 되돌아온다. 그 과정에서 당시
상황을 기록한 유리의 일기가 외계인의
관점으로 요약, 정리되기도 하고 그대로
인용되기도 한다. 발췌 낭독 되는 부분은
큰따옴표로 표기한다.

　「유리는 두 기니피그를 선물로
받았습니다. 책이나 장신구 따위를
양도받듯이, 잠자리 곁에 둘 인형을

받듯이……. 그렇죠. 유리에게 기니피그를
선물한 인간은 귀여운 동물이 유리의
우울한 기질을 낮게 해줄 거라고 기대했던
것 같습니다……. 첫 대면 후, "낯선 환경에
겁을 먹은 기니피그들이 좀처럼 은신처
밖으로 나오려 하지 않"자 유리는 기니피그가
좋아하는 과일을 검색해 블루베리를 사
옵니다. 인절미가 먼저 빼꼼 고개를 내밀고
나와 유리의 손에 있는 블루베리를 낚아채
갔고, 유리는 "인절미가 티라미수보다 용기
있다는 사실"을 알았다고 썼죠. 그 "앎"은
점차 "인절미에게 비인간 동물로서의 긍지가
있을지도 모른다"는 의심으로 이어지는데,
왜냐하면 인절미는 티라미수와 "전혀 달랐기
때문"입니다.」

유리의 일기 속에서, 인절미는

이상하리만치 완고하게 유리를 거부한다. 유리가 케이지 청소와 같은 기본적인 돌봄을 제공하는 것조차 싫어하는 눈치다. 유리는 인내심을 발휘해 그 나름대로의 필살기, 귀리 화분을 만든다. 인절미와 티라미수에게 직접 키운 싱싱한 귀리 싹을 먹여주며 환심을 살 작정이다.

그러나 인절미는 귀리 싹을 먹고 싶어 하면서도 유리가 화분을 들고 있는 동안에는 귀리 싹에 가까이 가지 않는다. 귀리 화분에 돋은 새싹 중 가장 유혹적인 새싹도 인절미와 유리의 거리를 좁힐 수는 없었다. 유리는 연초록 새싹이 빽빽이 돋은 화분 위에 엎어져 여자에게 거절당한 남자처럼 오열한다.

반면 티라미수는 유리의 손에 들린 귀리 화분을 기꺼이 뜯어 먹는다. 이유는 알 수 없지만, 티라미수는 인절미 같지 않다. 그는

유리의 손을 물지 않는다. 유리는 애교 많은
고양이처럼 자신에게 몸을 착 붙여오는
티라미수에게 큰 애정을 느낀다.

인절미는 케이지 안에만 머무른다.
그는 티라미수, 유리와 멀찍이 떨어져 있다.
티라미수는 처음엔 인절미와도 사이좋게
지냈지만, 유리가 짝짓기하려는 둘을
떼어놓은 다음부터 인절미가 다가오면 격하게
싫은 티를 낸다.

"그런 일이 있었어요?"
곁에서 듣고 있던 여름이 끼어든다.
유리에게는 말하면서 쓰는 버릇이 있어 쓰는
내용을 옆 사람에게 비밀로 하기가 어렵다.
유리가 의자에서 몸을 돌려 여름 쪽을 본다.
"네. 제가 보는 앞에서 풀어놓고
노는 시간이 있었는데, 갑자기 인절미가

티라미수한테 올라타서, 너무 놀라서
억지로 떼어놨어요. 그 뒤로 티라미수가
인절미만 보면 싫다고 소리를 지르더라고요.
티라미수가 왜 그랬는지는 모르겠어요. 이건
그냥 제 추측인데, 어느 순간부터 티라미수가
저를 우두머리 수컷 기니피그이자 자기
파트너로 생각했던 것 같아요. 이 부분 부연
설명이 필요할까요?"

　　유리의 답변을 들은 여름이 굳이 그럴
필요는 없을 것 같다며 고개를 가로젓는다.
유리는 다시 컴퓨터 화면으로 시선을 돌린다.

　　「아름답고 지혜로운 기니피그 티라미수와
인간 유리의 활발한 교류, 그리고 상대적으로
방치된 인절미. 이 구도가 달라지는 계기는
티라미수의 죽음입니다.」

강단에 선 외계인이 말한다. 그는 기민한
감각기관을 통해 청중들의 좋지 않은 감정을
감지하고 있다. 인절미의 열악하고 고독한
생활 이야기를 즐거워하는 청중은 없다. 몇몇
존재는 몹시 분노하는 중이다. 여태까지
유리가 인절미에게 제공한 그 어떤 것도
그들에겐, 그리고 인절미에겐 충분하지
않았기 때문이다.

예를 들자면, 인절미의 케이지. 그곳은
푹신하지도 싱그럽지도 넓지도 않았다.
기니피그들은 내내 허름하고 답답한 공간에
갇혀 살아야 했다. 유리는 인간 중 소득이
낮은 축에 속했고, 인절미의 케이지는 유리가
사는 좁은 원룸 구석에 놓여 있었으니까.
강단에 선 외계인을 통해 들은 바에 따르면,
유리는 훨씬 나은 형편에서 행복하게 사는
다른 기니피그들의 소식을 접할 때마다

인절미와 티라미수에게 미나리를 주며 괜히
말을 걸곤 했다.

"그래도 마트 소동물 코너에서 사는
것보다는 여기가 낫지?"

시끄럽고 사람 많은 마트, 일정 기간
동안 팔리지 않으면 죽임당하는 그런 최악의
환경보다는 그래도 자기 집이 괜찮지 않냐는
거다.

또, 그는 술에 취하기만 하면 인절미와
티라미수를 붙잡고 "다음에는 꼭 돈 많은
집에서 사람의 아들로 태어나"라고 하면서
술주정을 부리기도 했다. 유리는 기니피그가
이러한 말에 대답할 수 없다는 점을 다행으로
여겼는데, 티라미수와 인절미가 만약 인간의
말을 할 수 있게 된다면 "자신이 도저히
어찌할 수 없는 불만과 분노"를 듣게 될까 봐
두렵다는 게 그 이유였다.

「유리는 티라미수의 불만과 분노를
모를 수 있었던 만큼 티라미수가 죽어가고
있다는 신호도 알아들을 수 없었습니다. 그는
티라미수가 병에 걸렸다는 진단을 받자마자
티라미수를 치료하기 위해 벌이에 맞지 않는
큰 지출을 했어요. 앞으로 나갈 병원비를
감당하기 어렵다고 판단해 주변 인간들에게
모금 활동을 시작할 계획도 세웠고요.
티라미수가 계속 살아서 병원에 갈 수 있을
줄 알았던 거죠. 병원비 모금을 독려하기
위해 유리가 썼던 글 초안에는 이런 부분이
있습니다. "(티라미수가) 제게 몸을 기대오거나
제 손가락을 핥는 일이 잦아졌어요. 울면서
저를 빤히 쳐다보기도 했고요. 건초? 물?
미나리? 영양 죽? 케이지 청소? 다 처리돼
있는데도 왜 우는지 이해할 수가 없었어요.
지금 생각해보면 아파서, 아프다고 말하려고

그랬나 봅니다."

　죽기 직전 새벽에도, 티라미수는 케이지로 들어가지 않으려 하며 바닥에 엎드린 유리의 품으로 파고들었습니다. 유리는 티라미수가 표현하는 두려움과 외로움을 몰랐고, 늘 하던 것처럼 티라미수를 번쩍 들어 케이지에 넣고 잠들어버렸습니다. 다음 날 아침, 잠에서 깨어나 시체가 된 티라미수를 발견한 유리는 자신의 무지 때문에 평생 후회할 결정을 내렸다고 기록합니다. "죽을 줄 알았으면 그대로 계속 안아줬을 텐데 왜 모르고 케이지에 넣었지? 알았으면 죽을 때까지 안아줬을 텐데 왜 못 알아차리고 혼자 죽게 두고 자러 갔는지 너무 후회돼, 너무 후회돼, 너무 후회돼."」

　외계인이 말을 멈춘 사이, 유리는 문장이

빠져나가는 자리로 파고드는 날카로운 허기를 달래기 위해 허겁지겁 과자를 씹는다. 간식이 없으면 글을 못 쓰는 그는 내심 자기 일을 혈당과 글자를 맞바꾸는 작업이라고 생각하고 있다.

"저 일 다녀올게요."

가게 상황이 어느 정도 정리되었다는 듯, 여름이 현관으로 나선다. 유리가 모니터에 시선을 고정한 채 주먹 쥔 왼팔을 들어 여름을 배웅한다.

"건투를 빕니다."

여름이 집 안에서 사라진다.

유리는 쓰던 글을 마저 쓴다. 쓰다가, 쓰다가 그만 쓰고 싶어질 즈음 자리에서 일어나 인절미 집 치워주고, 밥 먹이고, 약 먹이고, 잠시 쉰다. 어느새 밤이 새벽으로 변해 있다. 유리는 자기 전에 먹는 약을

삼키고, 잠이 오길 기다리면서 핸드폰을
만진다. 그러다 손님이 별로 없어서 일찍
들어갈 것 같다는 여름의 메시지를 읽는다.
유리가 답장한다. 해장국 끓이면 먹을래요?

유리는 부엌으로 가 찬장에서 황태포를
꺼내 펄펄 끓는 물에 우려 국물을 낸 다음
콩나물과 달걀 물을 풀고 소금으로 간을
맞춘다. 수저로 한 입, 국물 맛을 본 유리의
표정에 잠깐 반가운 기색이 스친다. 이제
냉동실에 얼려둔 대파를 가위로 쫑쫑 잘라
넣어 한 김 더 끓이면 완성이다. 곧 해장국
먹으러 가겠다는 여름의 메시지가 도착하고,
냄비 뚜껑이 닫히고, 약기운이 돌아 몸
마디마디가 풀어진다. 침대에 눕자 유리의
의식이 목 아래로 넘어간다.

출근을 재개해야 할 타이밍은 예상보다

빨리 찾아왔다. 인절미의 기침이 심해진
것이다.

　인절미는 가끔 기침을 한다. 호흡기가 안
좋아서 그렇다. 폐나 기관지 같은 호흡기가 안
좋고, 심장도 안 좋고, 한동안 방광 쪽 문제로
고생하기도 했다. 간이 아파서 복수가 차기도
했고, 원인 모를 코피나 열이 나기도 하고,
할아버지 기니피그답게 관절염도 앓고 있고,
그리고…… 그리고 사실 이제 와서 어디가
어떻게 안 좋다고 말하기엔 몸에 좋다고 할
만한 구석이 별로 남지 않았다. 인절미가 앓고
있는 병의 이름은 죽음이다. 세상 그 어떤
삶도 완쾌한 바 없는 그것이 인절미의 몸에서
갖가지 증상을 꽃피우며 때를 기다리고 있다.

　유리는 동물병원 카운터 앞에 서서
인절미의 호흡기 질환 치료비 청구 내역을
읽는다. 일시불로 해주세요, 라고 말하며

카운터 직원에게 체크카드를 내미는 유리의
손이 미세하게 떨린다.

인절미와 함께 집에 돌아온 유리는 곧장
컴퓨터 앞에 앉아 아르바이트 구인 구직
사이트에 접속한다. 당분간 한 달에 50만
원 정도만 더 벌 수 있다면 인절미 치료에
차질이 생기진 않을 것이다. 아르바이트 구인
구직 사이트의 설정을 이리저리 조작해 알바
공고를 검색해보는 유리의 모습이 노련해
보인다. 그는 이 사이트에 뜨는 거의 대부분의
직종—특출난 자격을 요구하지 않는
여성노동—에서 일해봤다.

콜센터는 손발이 구속된 상태로 다중의
공격성을 받아내는 일이다. 패스. 서빙은
몸 재간이 잽싸지도 못하고 눈치도 없어서
다른 사람에게 폐를 끼치게 되니 보류.
프랜차이즈 카페는 좁은 공간에서 다른

사람과 밀착해 일해야 하니 패스. 일단 여러 사람이 부대껴서 인간관계를 신경 써야 하는 직업은 전부 보류한다. 인절미를 돌봐야 하니 숙식을 요구하는 일도 안 되고, 근무시간이 너무 길어지는 공장 같은 곳도 곤란하다…… . 스크린 골프장은 비교적 쉬운 일에 속하니 체크해두고, 편의점은 하다가 어땠지? 잡다한 변수가 많은 일이라서 불안했다. 패스.

알바 공고 사이로 스크롤이 내려가는 속도가 점점 빨라진다.

판촉, 판매직은 유리가 가장 잘할 수 있는 일이지만 유리를 가장 우울하게 만드는 일이기도 하다. 별로 많지 않은 돈을 만지기 위해 남의 인생에 책임질 수 없을지도 모를 결과를 온몸으로 부추기는 수치스러운 과정, 패스. 그럼 그나마 돈을 많이 주는 유흥업은? 요즘엔 건강이 너무 안 좋아져서 밤에 일하는 것도, 술을 마시는 것도 어렵다. 패스.

　대필, 윤문 등의 매문 행위는 속에 고인
문장을 마르게 하니 써야 할 글이 따로 있을
때는 거절해야 한다. 말을 많이 해야 하는
강사도 같은 맥락으로 진이 빠져서 힘들다.
일대일 과외도 싫다. 공부하기 싫어하는
아이들에게 공부하라고 협박해야 하는 모든
직업을 피하고 싶다.

　잠시 스크롤을 멈추고, 가만히, '회사'로
돌아가는, 번듯한 회사에 가서 정상적으로
근무할 생각을 해본 유리의 이마에 식은땀이
맺힌다. 4년제 대학 졸업 학위가 유효해지는
자리는 대체로 끔찍하다. 왜냐하면…….

　유리는 오랜 고민 끝에 프랜차이즈
빵집 구석에 서서 혼자 샌드위치를 만드는
샌드위치 기사로 취직하기로 마음먹는다.
불특정 다수의 인간과 대면하지 않고 실체가

있는 음식을 생산하는 일에는 그나마 버틸
만한 구석이 있기 때문이다.

"붙었어요?"

면접을 보고 온 유리에게 여름이 묻는다.

"네! 내일부터 근무예요. 일주일에 세
번, 하루 네 시간 동안 서울바게트 매장에서
최저시급을 받으며 샌드위치를 생산하게
됐어요. 주휴수당 지급을 아까워하는
사장님의 욕심 덕분에 프리랜서 작가로서
한층 더 유연한 근무를 할 수 있게 된 거죠."

유리는 인절미 케이지 앞에서 유연하지
못한 몸짓으로 샌드위치 춤을 춘다. 인절미가
케이지의 열린 문틈에 앞발을 올리고 춤추는
유리를 물끄러미 올려다본다.

"쓰던 소설은 어디까지 썼어요? 인절미
나오는 거."

여름이 냉장고에서 갓김치를 꺼내면서

묻는다. 오늘 저녁 메뉴는 여름이 끓인 짜장
라면이다.

"〈불멸의 인절미〉? 절반 정도 썼어요.
티라미수 죽고 난 다음부터, 그때 인절미가
갑자기 아팠잖아요."

유리도 여름과 자신의 방 사이로 난 좁은
공간, 즉 가짜 거실에 나와서 장난감 같은
소반을 펴 수저를 놓는다. 여름이 갓김치 한
접시와 짜장 라면 두 그릇을 차례차례 소반
위에 올린다. 그러고는 물컵을 챙기러 다시
부엌으로 간다. 유리가 여름의 뒤통수에 대고
계속 말한다.

"기억나죠? 인절미 많이 아팠던 거.
거기까지 썼어요. 카톡으로 보내줄게요.
읽어보실래요?"

물컵 두 개를 들고 돌아온 여름이 유리의
제안을 수락한다. 두 여자는 소반에 둘러앉아

짜장 라면에 갓김치를 얹어 먹기 시작한다.
여름은 젓가락질을 하지 않는 쪽 손으로
핸드폰을 들고 유리의 소설을 읽는다.

　「그날 이후로 유리의 일기장에는
"티라미수가 없다"는 문장이 자주 등장합니다.
티라미수의 없음은 앞으로 변하지 않는
사실이 되었기에 언제나 항상 "티라미수가
없다"고, 예를 들면 "아침에 일어났는데
티라미수가 없다"고요. 이 문장은 유리가
과거에 썼던 문장과도 결합이 가능합니다.
"티라미수 귀엽다. 사랑한다고, 세상에서 제일
예쁜 쥐라고 말하면서 만져주면 다 알아듣고
좋아하면서 퐁퐁 뛰어다닌다." 그리고
"티라미수가 없다." 어쩌면 "티라미수는
기니피그 세계 최고 미녀가 아닐까? 어떻게
이렇게 예쁠 수가 있나." 그런데 "티라미수가

없다."」

강단에 선 외계인이 말하는 도중에
들어온 청중에게 눈짓으로 인사를 건네며
계속 말한다.

「마침 그 시기에, 티라미수의 사망 직후에
인절미는 큰 병에 걸립니다. 나이가 들기도
했고요, 기니피그처럼 사회적인 동물은 다른
기니피그의 사망에 영향을 받기도 하니까요.
그렇게 시름시름 앓기 시작한 인절미의
상태는 어느 순간 급속도로 악화되어 거의
죽을 지경에 이르렀다고 하죠.」

다종다양한 청중들이 침울한 기색을
띠고 검푸른 침묵 속에서 이야기를 듣는다.
평생 싱싱한 풀밭 한번 맘껏 밟아보지 못하고

인간의 집 안에서만 살다가 고통스럽게 떠난
티라미수를 생각하면 각자 가슴에 해당하는
부위가 미어지고, 그런 티라미수의 죽음을
지켜보며 충격받았을 인절미를 생각하면 방금
미어졌던 곳이 잘게 뜯기는 듯하다.

「당시 인절미에게 필요했던 치료는
유리가 혼자 감당할 수 있는 수준이
아니었습니다. 낮에는 병원에서, 밤에는
집에서 특별한 케어를 받아야 했던 인절미는
안락사당할 위기에 처하게 됩니다.
　　들어보세요. 지구에 사는 인간의 하루는
총 스물네 시간으로 나뉘어 있었는데, 유리는
대략 열여덟 시간 정도를 '회사'를 위해 써야
했습니다. 이동하는 시간, 식사하는 시간,
수면 시간, 기본 여덟 시간의 노동시간과
휴게시간을 제외하면 유리에게는 넉넉잡아

하루 여섯 시간 정도가 남죠. 이 시간을 전부 바친다 해도 가장 아팠던 시절의 인절미에게 제대로 된 치료를 제공하는 건 물리적으로 불가능합니다. 유리의 집에서 인절미를 치료할 수 있는 병원까지의 거리는 한 시간, 왕복 이동 시간만 두 시간이고, 병원 치료는 네 시간 만에 끝날 수 없어요. 그렇다고 '회사'에 시간을 쓰지 않으면 인절미의 치료비를 지불할 수 없게 되고요.」

"지금 인절미 매일 입원했을 때 얘기하는 거예요?"

여름이 놀라서 묻는다. 유리가 젓가락을 입에 문 채 조용히 긍정의 빛을 띤다. 강단에 선 외계인이 은근한 목소리로 이어 말한다.

「누군가의 도움이 필요한 상황입니다.」

순간 청중들 사이에 떠다니던 기뻐하면
반짝이는 존재들의 몸이 반짝 환해진다.
그들은 몸집이 작고 무게가 가벼우며 여러
개체가 몰려다니는 경향이 있다. 무슨
일이 일어난 건지 궁금해하는 몇몇 청중이
반짝거리는 빛 무리를 기웃거리자 강단에 선
외계인이 기뻐하면 반짝이는 존재들을 향해
잠시 기다려달라는 신호를 보낸다.

「동물병원에서 '마음의 준비'를 하셔야
한다는 절망적인 진단을 들었던 날, 유리는
결정을 내려야 했습니다. 더 치료할 것이냐,
이대로 죽게 할 것이냐. 그는 형식적으로라도
인절미의 의사를 묻기 위해 이동용 케이지
문을 열고 그 앞에 무릎을 굽혀 인절미와

눈높이를 맞춘 채 말했습니다.

　"인절미, 엄마 왔어."

　네, 여기서부터는 그날의 기록을 그대로 읽어드리겠습니다.

　"그러자 인절미가 구석에 웅크려 있던 몸을 돌려 나를 봤다."」

　한숨과도 같은 정적. 강단에 선 외계인이 적막 한가운데에서 비스듬히 몸을 기울여 강단 구조물에 신체 일부를 기댄다.

「"그렇게 나는 알았다. 나를 본 인절미가 울기 시작했다는 사실을 알았다. 사람이 이런 앎을 가질 수 있다는 게 현실 같지가 않았다. 우주에서 온 운석 같은 장면이 내 앞에 도착하자 슬픔이나 기쁨보다는 당황스러운 감정이 먼저 일어났다. 지금껏 인절미는 단

한 번도 나를 원한 적 없었고, 나 또한 맡은 생명을 책임져야 한다는 의무감으로만 그를 대했다. 인절미의 눈가에 글썽이는 액체, 저건 어쩌면 내 존재와 상관없이 생겨난 물질일지도 모른다. 내가 알지 못하는 다른 이유 때문에 나타난 현상일지도 모른다. 동물들은 인간이 직관적으로 파악하기 어려운 다양한 이유로 눈물을 흘리니까. 내 착각일 수도 있다는 의심과 함께 인절미의 뺨에 떨리는 손가락을 가져가 지그시 대었다. 그러자 그 애는 순순히 내 손가락에 얼굴을 폭 기대고 울었다. 살고 싶다는 뜻이었다. 그러면 어쩔 수 없지. 살아야지. 너는 내 새끼니까."」

낭독이 끝나고, 강단에 선 외계인이 나붓이 기댔던 몸을 천천히 일으킨다. 그 동작은 몹시 고상해 보였는데, 어떤 무거운

물체를 들고 견디다가 자연스럽게 흘리는
포즈와도 비슷해서 그가 하는 말과 말 사이를
연속하는 물결처럼 보이기도 했다.

　「……그래서 유리는 그날로 회사에
가지 않는 주변 인간들에게 도와달라는
연락을 돌렸습니다. 유리가 출근하기 전에
인절미를 넘겨받아 병원에 데려가줄 사람이
필요하다고요.」

　"누가 아침에 인절미를 병원에
데려가주기만 하면 제가 퇴근길에 치료를
마친 인절미를 픽업해 집에서 필요한
돌봄까지 할 수 있을 테니까요."

　유리가 외계인의 말을 받으며 소반 위로
젓가락을 내려놓는다. 그는 이제 미동 없이

여름을 바라본다. 여기서부터가 중요한
대목이기 때문이다. 여름은 유리의 시선을
눈치채지 못한다. 그는 이 이야기 너머에서
그를 부르는 강렬한 예감에 이끌려 소설에
깊이 몰입한 상태로 핸드폰 화면에서 눈을
떼지 못하고 있다.

　「이윽고 번역가와 작가, 연극배우, 유흥업
종사자의 답장이 도착했습니다. 그들 중 출근
시간대에 깨어 있을 수 있는 사람은 유흥업
종사자밖에 없었죠.」

　"앗, 잠깐만요! 저 '성노동자'라고
불러주세요! 저 그동안 유흥업소 말고 다른
곳에서도 일했으니까, 기타 업종까지 다
포함될 수 있게요."

여름이 다급하게 이야기 중간에 끼어들고,
강단에 선 외계인이 청중 쪽으로 뭔가를
허용하는 몸짓을 보인다. 그러자 기뻐하면
반짝이는 존재들이 순식간에 하나둘 빛으로
번지며 사방으로 광채를 뿜는다.

「그리하여 성노동자 한 명이 다섯 번의
아침에 깨어 인절미를 병원까지 데려다주게
되었습니다. 저 멀리서 밤샘 근무를 마치고,
새벽이슬을 맞으며 유리의 집으로 와서
유리가 이동장에 넣어둔 인절미를 품에 안고
다시 한 시간 거리의 병원으로, 월요일부터
금요일까지 매일. 아무 대가를 받지 않고,
인절미가 나아지기만을 바라면서요. 그
인간이 있었기에 인절미는 목숨이 위중했던
순간에 적절한 치료를 받고 살아날 수
있었습니다. 지금 반짝거리는 분들은 그

인간의 이름을 딴 별에서 오셨죠. 여름의
별에서 태어난 분들입니다.」

　　기뻐하면 반짝이는 존재들의 빛이 모든
존재를 눈부시게 비추는 가운데, 유리가
여름의 눈치를 살핀다.
　　"어떡하죠? 제 소설에 여름의 별이
생겼어요. 마음에 안 들 수도 있지만……
이 문명에 사는 존재들이 인절미를
너무 사랑하기 때문에, 인절미를 살려준
성노동자는 존경받는 직업이 되었어요.
미래의 성노동자들은 깨끗하고 안전한
환경에서 손님과 대등한 협상력을 가지고
일해요. 아무도 그들을 함부로 대할 수
없어요."
　　여름이 기가 차다는 듯 유리를 본다.
유리가 어깨를 으쓱 올린다.

"문화가 그렇대요."

"이런 얘기를 왜 지금 해요? 하필 짜장
라면 먹을 때?"

여름이 쏘아붙인다.

"그러게요……."

"이래서 글 쓰는 여자는 안 돼. 평소엔
무슨 생각 하는지 말도 별로 안 하면서.
음흉하다니까."

유리가 겸연쩍은 미소를 짓는다. 오고
가는 말의 내용과는 달리 여름의 표정이 너무
반짝거린다고 생각하면서. 그는 이 시절을
계기로 여름과 살림을 합칠 마음을 먹었다.
마침 여름도 집 계약 기간이 끝나 다음 집을
찾고 있던 때였다. 각자의 원룸에 살던 두
여자는 인절미를 주고받다가 신림동 반지하
쓰리룸에 방 하나씩을 나눠 가진 사이가 된다.
그들은 다 먹은 라면 그릇을 정리하고 소반을

닦는다.

유리가 싱크대에 쌓인 설거지 거리를
해결하는 동안 여름이 화장실 수챗구멍에
엉킨 머리카락을 버리고, 변기에 락스를
뿌려둔다. 가짜 거실로 돌아온 여름이 재활용
쓰레기를 내놓고 오는 사이 신속히 설거지를
마친 유리가 일반 쓰레기와 음식물 쓰레기를
묶어 들고 집 밖으로 나간다. 밤공기가 닿아
흔들리는 머리카락에 유리의 뺨이 간지럽다.
옆집 아저씨와 함께 산책 나온 옆집 강아지가
집집마다 쌓인 쓰레기 더미 앞을 지나가고
있다.

다음 날, 서울바게트에 출근한 유리는
퇴근 시간 무렵에 해고당한다. 점주가
요구하는 무급 초과근무를 거부하고 폐기물
재활용—폐기 식빵, 유통기한이 지난

고추냉이 마요네즈 등—에 이의를 제기했기
때문이다. 제대로 시작하지도 못한 샌드위치
만들기를 멈추고 급하게 새로운 일거리를
찾다가 덜컥 장어 집 홀 서빙으로 채용된 그는
여름 내내 속옷이 땀으로 푹 젖도록 장어가
눌어붙은 불판을 나른다. 장어 기름 냄새가
사람 기름 냄새랑 비슷하다고 생각하면서,
실수로 소주잔 두어 개를 깨뜨리면서. 초복,
중복, 말복이 지나고, 보양식 특수 기간에
비정상적으로 높게 책정되었던 시급이
정상화되자 그는 곧 조용히 근무할 수 있는
1인 카페로 이직한다. 매일 조금씩 쌀쌀해지는
바람이 드나들 수 없게 꼭 닫힌 카페 안에서
쉴 새 없이 아이스 아메리카노와 아이스
카페라테를 만든다.

소설 쓰기도 알바도 하지 않는 동안

유리는 약을 먹고 잠을 잔다. 자다가
느지막이 일어나 인절미 아침 약을 챙긴다.
그러고는 두유에 시리얼을 말아 먹고, 집을
청소하고, 세탁기를 돌리거나 빨래를 넌다.
중간중간 인절미의 집에 건초를 넣어주고,
기력이 부족해서 건초를 충분히 먹지 못하는
인절미를 위해 기니피그 전용 영양제를 물에
개어 주사기로 먹이는 일도 잊지 않는다.

계절이 바뀌는 사이 인절미는 차곡차곡
쇠약해져 한 차례의 수술과 수차례의 고비를
넘겼다. 인절미가 바늘을 제거한 뭉툭한
주사기 끝에 입을 대고 죽 형태의 영양분을
받아먹는 모습은 유리를 안도하게 한다.
언젠가 이것조차 먹지 않으려 하는 날이 올
것이다. 티라미수가 죽기 전에 그랬던 것처럼.

해가 뉘엿해질 즈음, 유리는 집 근처

마트에 들러 치커리 한 봉지와 두부 한 모, 느타리버섯 한 팩을 사 온다. 두부는 주사위 모양으로 작게 썰어 겉면이 바삭해지도록 굽고, 느타리버섯은 기름을 넉넉히 두른 후라이팬에 고기처럼 볶아 소금, 후추로 간한다. 치커리는 흐르는 물에 씻어 상한 부분을 깨끗이 손질한 다음 인절미에게 준다. 인절미가 기쁜 듯이 누운 자리에서 비틀비틀 일어나 치커리를 갉아 먹는다. 치커리 사각거리는 소리가 기분 좋게 공기 중을 떠다닌다.

그렇게 인간들은 인간들끼리 구운 두부와 느타리버섯으로 덮밥을 만들어 먹고 밥상을 치우려는데 돌연 집 안이 조용하다. 인절미 있는 쪽에서 들리는 소리가 끊겼다. 위화감을 느낀 유리가 혹시 무슨 일이 생겼나 확인하러 가보니 치커리를 먹다 지친 인절미가 온몸을 쭉 뻗은 채로 잠들어 있다. 유리는 미세하게 오르락내리락 움직이는 인절미의 가슴팍을 한참 동안 관찰한다. 잠든 인절미는 죽은 인절미와 너무 비슷해 보인다.

"둘 중에 어떤 게 나아요?"

유리가 인절미에게서 시선을 떼고 여름을 본다. 양손에 홀복을 든 여름이 유리 쪽으로 다가와 이리저리 몸에 옷을 대 보인다.

"오른손에 든 거요. 분홍색."

유리가 손가락을 들어 둘 중 하나를 골라준다. 여름이 망설이는 표정을 짓는다.

"아, 나 요즘 핑크색 자주 입어서 가게 언니들이 핑크 공주라고 놀리는데."

"잘 어울리니까 자주 입는 걸 어떡해요. 그거 입어요."

"그건 그렇죠!"

유리의 말에 수긍한 여름이 옷을

갈아입으러 자기 방으로 사라진다. 곧 밤이 올 것이다.

유리는 운동을 하러 몸&맘 치료 센터로 간다. 몸&맘 치료 센터에서의 시간은 유리의 부족한 운동량을 적절히 채워준다. 비록 요가 동작 사이에 동의할 수 없는 설교와 찬양 소리가 들려오긴 하지만, 참지 못할 수준은 아니다. 우리가 누군가에게 몹시 사랑받고 있다고 호소하는 노래에 맞춰 쭉 뻗은 다리 위로 상체를 포개며, 굳어 있던 근육이 늘어나는 감각을 견디며 유리가 속으로 신음한다. 다음 달부터는 이 수상한 운동조차 하지 못하게 된다. 이번 달 인절미 병원비가 예산을 과하게 초과했다.

언제까지 지속될까? 한 달 지출 4분의 1에서 2분의 1까지 기니피그에게 할애하는 지금 생활이. 티라미수에 이어 인절미까지

아프게 되면서 정말 많은 돈을 썼다. 하루
종일 틈틈이 기니피그를 챙기면서……
기니피그의 안위를 생각하면서……. 이렇게
기니피그 돌봄에 매인 채 살고 싶어 하는
인간은 없다. 물론 유리에겐 달리 하고 싶은
일도 없고, 기니피그에 전 재산을 쏟아부어도
동물 학대 혐의를 피할 수 없을 만큼 가진
돈이 적지만…….

집으로 돌아온 유리는 기니피그 케이지
앞에 주저앉아 인절미에게 질문한다.

"너는 어떤 환경에서 누구를 만나고
싶어? 나중에 말이야. 자유롭게 어디든 갈 수
있다면."

인절미는 말없이 유리를 마주 본다.
건강했을 때와는 달리 눈빛에 유순한 기색이
깃들어 있다. 유리는 그런 인절미의 몸에 손을
가져다 대고, 인절미는 유리의 손에 자신을

맡긴다. 요즘은 약을 먹일 때도 이런 식이다.
아프기 시작한 이래로 하도 오랫동안 여러
처치를 하며 살다 보니 인절미도 이젠 인간의
행동이 자신의 고통을 덜어준다는 걸 아는 것
같다.

"너, 우리 집에서는 좀 따뜻한 계절에
탈출하는 게 낫겠지? 봄에."

정성껏, 천천히 인절미의 몸을 어루만지며
말하는 유리의 뺨이 붉다. 일방적으로
돌봄당하는 동물 특유의 고분고분함은
그에게 잔잔한 굴욕감을 불러일으킨다. 가장
유혹적인 귀리 싹으로도 얻지 못했던 마음을
단지 인절미가 유리의 집에 갇힌 채 죽어가고
있다는 이유로 얻게 되는 건 인절미와 유리 둘
중 누구에게도 좋은 일이 아니다.

"블루베리처럼 맛있는 게 지천에 널린
아름다운 별로 가서, 마음 맞는 동물들과 멋진

모험을 하는 이야기를 써줄게. 원한다면 혼자 살 수도 있어……. 내 소설 속에서, 너는 네 방식대로 강하고 아름다워. 반드시 행복할 거야. 운명과 인절미의 의견이 다를 경우 꼭 인절미에게 좋은 쪽으로."

어떤 친구는 서울에서만 사귈 수 있다. 어떤 행복은 지구에 없다. 되고 싶은 대로 되기 위해, 조금이라도 이해받기 위해 너무 멀리 가야 하는 삶도 있다. 간식거리를 챙겨서 컴퓨터 앞에 앉는 유리의 머릿속에 인절미가 유리의 집을 탈출해 새로운 세계로 떠나는 모습이 직접 본 것처럼 생생하게 그려진다.

어느 날 새벽, 인절미가 반쯤 열린 케이지 문 너머에서 잠든 유리를 본다.

열린 문 사이로 케이지에서 빠져나온 인절미는 잠깐 유리 쪽을 살피는가 싶더니 곧 유리에게서 관심을 거두고 뒤돌아 걷기

시작한다. 아주 오랫동안 준비해온 일을
실행하는 듯한 걸음걸이다. 그는 현관문
아래에 달린 우유 구멍을 통해 집 밖으로
나선다. 희뿌연 하늘 아래 차가운 새벽 공기를
맞은 인절미의 털끝이 빳빳하게 일어서고,
전지적 작가 시점으로도 엿볼 수 없는
인절미만의 생각이 인절미의 작은 뇌리를
스친다. 고개를 들어 공기 중에 흩어진 물
냄새를 맡는 인절미. 도림천을 따라 해가 뜰
때까지 달리면 보라매공원이다.

　　컴퓨터 앞에 앉은 유리가 울기 시작한다.

　　인절미가 유리를 떠난 날로부터 하루가
백 번, 한 해가 백 번, 백 년이 백 번, 만 년이
백 번 지나 우주에 유리도 없고 여름도 없고

그 둘이 살던 집도 없고 인생이 전부 끝난
아득한 미래에 인간이 아닌 존재들이 있다.
저마다의 믿음, 소망, 사랑을 가진 다종다양한
생물들. 그들 중 일부는 지금 여기서 강단에
선 외계인의 말을 경청하는 중이다.

　강단에 선 외계인이 말한다.

「절대다수의 비인간은 인간에 의해
교배되어 태어났고, 인간이 조성한 환경밖에
모르다가 인간의 먹이가 되어 죽었습니다.
그들 중 비범한 개체가 운 좋게 인간의
케이지를 탈출한다 해도 케이지의 바깥,
그러니까 인간의 땅이 아닌 곳은 거의
없었습니다.」

　그는 앞서 설명했던 내용을 다시
정리하고 있다. 이야기는 이제 막바지에

이르렀다.

　「어쩌다가 그렇게 됐을까요? 인간이
똑똑해서? 힘이 세서? 가장 빨라서?
맞혀보세요, 여러분. 비인간 동물 간의
차이보다 비인간 동물과 인간 사이의 차이에
중대한 의미가 생긴다면, 그 이유는 뭘까요?
비인간 동물과는 달리 인간에게는 영혼이
있기 때문일까요?」

　마지막 의문문이 끝나자마자 청중들
사이에서 웃음이 터져 나온다. 크게 웃는
존재들의 소리가 시끄럽게 주변을 울리고,
강단에 선 외계인은 좌중이 조용해질
때까지 너그럽게 기다려준다. 유머는 그가
자랑스럽게 여기는 인기 비결 중 하나다.

「조금 이상한 일이지만, 인간이 간절히 바라는 무언가는 가끔 개연성이 부족한 상태로 실현되곤 했습니다. 그렇게 될 일이 아닌데도 어떻게든 이루어지는 힘, 아주 낮은 확률로 성사되는 그 힘을 느낄 때 인간은 '소원이 이루어졌다'고 표현합니다.

네, 인간의 소원은 이루어질 수도 있었습니다. 개개인의 소원은 평생 이뤄지지 않을지 몰라도, 인류 전체는 모든 인간의 모든 소원이 정말 아무 소용도 없게 되는 세계를 모르고 살았습니다.

그래서 그들은 신을 상상하게 되었답니다. 신에게 기도하는 행위가 소원에 도움이 된다고 여기는 문화가 있었어요. 자기 밖에서 자신을 위해 일하는 누군가를, 인간이라는 이유만으로 힘을 보태주는 상대를 설명하기 위해 노력한 결과죠. 크게 중요한 내용은 아니지만, 재밌죠? 내 바람을 남이 들어줄 거라는 믿음의 구조 자체가 여기 계신 많은 분들에게 낯설 테니까요.」

느긋한 즐거움 속에서, 외계인이 강단 주위를 서성이며 청중들을 둘러본다.

사실 그는 소원 때문에 형성된 인간 사이의 체계에 관심이 있다. 실체를 규명하기 어려운 평등한 가능성이 불러일으키는 공포, 가장 친밀한 동지와 최악의 적 가운데 누구의 소원이 언제 어떻게 이루어질지 모른다는 두려움은 인간으로 하여금 남이 원하는 것과 내가 원하는 것의 관계를 끊임없이 탐색하게 했다. 누가 무엇을 원해야 괜찮을지 정하고, 원하는 것을 원해야 하기 때문에 그것을 원하게 되도록 서로를 감시하고, 통제하고……. 그렇게 동족끼리 죽이고 살리며 치고받는 모습에는 매력적인 구석도 있었다.

그러나 청중들은 인간 이야기가 너무 길어질까 봐 걱정하는 듯하다. 그들은 인절미 이야기에 관심이 있다. 강단에 선 외계인은 소원에 관한 설명을 빠르게 끝낼 맘을 먹는다.

「만약 제가 소원이 이루어질 거라고 기대할 수 있다면, 원하는 바를 정하는 과정에 심혈을 기울일 거예요. 감당할 수 있는 결말을 맞이하려면 바라는 무언가의 처음과 끝을 정확히 파악할 수 있어야 하겠죠. 그럴 수 없다면, 이런 종류의 행운은 쉽게 재앙이 됩니다.

영원히 살고 싶다는 소원을 이룬 여자는 늙고 쪼그라들어 모래알로 흩어진 다음에도 계속 살아야 했습니다. 200파운드와 맞바꾼 죽은 아들이 살아 돌아오기를 바란 부부는 살아 돌아온 죽은 아들을 받아들이지 못해 과잉 생산된 죽음을 유기하기까지 하죠. 더운 날씨엔 찬 음료를, 추운 날씨엔 따듯한 음료를 마시고 싶어 하는 인간은 곧 찬 음료를 마실 때는 공기를 데우고 따듯한 음료를 마실 때는 찬 바람을 쐬려 합니다. 그 대가로 지구 전체가 불타게 된다 하더라도, 대부분의 인간은 멈추지 않았습니다.

이쯤 되면 이 문제가 비인간종이 부당한 대우를 받는 문제 정도가 아니긴 합니다만……. 하여튼 그래요. 인절미를 소유한 인간, 유리에게도 여러 가지 인간적인 소원이 있었습니다.」

강단에 선 외계인은 유리가 가졌던 소원을 있는 그대로 나열한다. 무료 안티에이징 시술 이벤트 당첨, 복권 당첨,

화창한 날씨, 옷, 구두, 운동화, 밥, 커피,
케이크, 새시가 잘된 창문, 채광이 좋은 거실,
수납공간, 발간된 단행본 한 권과 공저 한
권의 중쇄 소식, 자신만을 열렬히 욕망하는
북부대공, 자신을 떠나지 않는 가족, 친구,
미움받지 않기, 슬프지 않기, 아프지 않기, 약
없이도 잠들 수 있기, 구민센터 요가 프로그램
수강하기, 푹 쉴 수 있기 등등. 그러나
티라미수가 죽고 인절미만 남게 된 후로 그는
티라미수의 죽음이 주는 충격에서 벗어나지
못한다. 그가 가진 소원 목록은 조금씩 변하게
된다.

「인절미까지 아프게 되자 인간 유리는
큰 불안을 느꼈습니다. 그가 사는 동안 가장
오랜 시간을 함께 보낸 동물은 인간이 아니라
기니피그입니다. 가장 오랜 시간을 생각한

상대 또한 인간이 아니라 기니피그고요. 인간 치고는 병적으로 인절미를 기록했을 만하죠. "티라미수와 인절미는 일에 도움이 되는 것도 아니고, 휴식에 도움이 되는 것도 아니고, 우울한 기분을 낮게 해주지도 않으면서 쉴 새 없이 재정을 축낸다. 그 애들은 그저 인생에 하등 쓸모없는 복실복실한 감정을 생산할 뿐이다."

그러니까 기니피그는 유리가 온전히 소유해본 거의 유일한, 생필품이 아닌, 굉장히 특별한 사치재였습니다.

노쇠한 인절미를 돌보느라 다른 일을 못 하게 되어도, 그보다 더한 대가를 치르게 된다 하더라도 인절미가 살아 있는 편이 죽는 것보다는 낫다고, 그게 자신을 위해 좋다고 판단하게 된 순간이 유리에게 있었던 것 같습니다. 인절미가 많이 아팠던 어느 날 밤,

그는 새벽까지 이어진 간병을 마치고 다음과
같은 기록을 남깁니다.

　"인절미 죽으면 만나자. 인절미 죽으면
그렇게 하자. 그게 나의 새로운 약속이
되었다. 인절미가 죽으면, 인절미만 죽으면 할
수 있는 일이 약속 위로 쌓여갔다.
　그날이 오면, 나는 아무 걱정 없이 외출할
수 있다. 친구 집에서 아침 일찍부터 저녁
늦게까지 놀다가 맘 편히 자고 갈 수 있는
건 물론이고, 여행이나 출장도 문제없다. 내
컨디션만 신경 쓰며 살아도 괜찮다. 술을 진탕
마시고 정신을 잃어도 괜찮다. 돈을 좀 덜
벌어도 괜찮다.
　전보다 훨씬 자유로워진 나는 하던 일을
그만둔다. 그러고는 먼바다로 떠나 돈과 맘이
다 떨어질 때까지 바닷가를 서성이며 새

바람을 맞는다.

그런 다음엔 이사를 간다. 인절미와
티라미수의 흔적이 곳곳에 남은 내 집에서
영영 도망친다. 반려동물이 허용되지 않는
매물도 거리낌 없이 둘러보면서, 내 한 몸만
누이면 되는 조건을 갖춘 집을 찾는다.

새집에 들어가, 나 혼자 산다. 시간이
조금 남는다는 사실을 깨닫는다. 여유 시간을
굴려본다. 인절미를 돌보는 일에 쏟았던
시간을 다른 용도로 써본다. 그러다 다른 어떤
일을 해봐도 슬프기만 하다는 진실을 안다. 왜
그럴까? 인절미가 죽었기 때문이다. 인절미가
살았을 때는 없었던 슬픔이 이제는 있기
때문이다.

차라리 이 시간을 인절미에게 쏟던 때로
돌아가고 싶다는 소망이 생긴다. 지겹고
고되어서 그만두고 싶기만 했던 순간이

지금보다는 낫다는 착각이 든다. 과거와 현재의 어이없는 소통 오류 속에서, 힘들었던 기억의 모서리가 닳아가며 인절미에 관한 모든 기억이 점차 부드러워진다. 티라미수를 회상할 때 그랬듯이, 인절미는 회상할 때마다 한층 더 부드러워진 모습으로 나타나 나중에는 궁극의 부드러움으로, 형상이라고조차 표현할 수 없을 만큼 촉감 그 자체가 된 덩어리로 내 안에 자리 잡는다.

부드러운 인절미에 마음 안쪽이 쓸린다. 타는 듯이 쓰라리다."」

낭독이 끝나고, 무심히 이야기를 따라가던 청중들이 부드러운 인절미와 부딪혀 상처를 입는다. 강단에 선 외계인도 잠시 말을 멈추고 호흡을 정돈한다.

「……그는 자신을 해치지 않으면서도 인절미에게 재앙이 되지 않는 소원을 이루고 싶어 했습니다. "인절미가 내 안에만 있어서는 안 된다." 그렇다면 인절미를 어떻게 계속 살게 할까? 인절미는 어떤 형태로 영원할 수 있을까? 오랫동안 고민했죠. 인절미는, 살아는 있지만 불행한 동물이 되어선 안 됩니다. 반드시 행복해야 해요. 케이지의 바깥도 존재해야 하고, 인절미가 스스로 죽기를 바란다면 죽을 수 있는 여지도 있어야 합니다. 뭐든 할 수 있지만 늘 안전했으면 좋겠다고, 운명과 인절미의 의견이 다를 경우 꼭 인절미에게 좋은 쪽으로 이루어지길 바란다고 염원한 유리의 소원은 마치 계약서처럼 조건을 더해나가며 작은 책 한 권 분량이 되었습니다.

그래서 결국 어떻게 되었냐면,

여러분…….」

　느린 속도로 말끝을 늘이며 강단에 선
외계인이 미소 짓는다.

　「당사자에게 직접 들어보시죠. 이번
이야기의 마지막 시간, 질의응답 시간에
인절미를 모셨습니다.」

　바쁜 분을 어렵게 모셨다며 뿌듯해하는
외계인 뒤로 행성 간 이동을 위해 대기 중인
인절미의 형상이 환하게 떠오른다. 약간의
노이즈와 흔들림이 이어지며 커다랗게 확대된
인절미의 모습이 점차 선명해지고, 인절미
주변의 소리가 서서히 또렷해진다.
　인절미는 아직 이곳과의 연결을 눈치채지
못한 듯하다.

너무나도 보고 싶었던, 그러나 볼 수
있을 거라고 예상하지 못했던 명사를 보게
되어 경악한 청중들이 소리 없이 인절미의
움직임을 주시한다. 인절미는 건강하다.
인절미는 아름답다. 그의 곁에는 그가 몹시
아끼고 사랑하는 반려가 작년에 낳은 딸 셋을
데리고 서 있었는데, 아마도 딸들과 간식을
나눠 먹고 있던 중이었는지, 물기 어린 식물의
잔해와 즐겁게 까딱거리는 인절미의 한쪽
귀가 눈에 띈다.

　　이쪽의 기척을 먼저 감지한 인절미의
반려가 다정하게 허공을 가리키자, 인절미가
드디어 천천히 몸을 돌려 우리가 있는 쪽을
마주 본다. 여전히 부숭한 둥근 풍채가 긴장한
기색 없이 여유로워 보인다. 그는 강단에 선
외계인과 인사를 나누고, 무슨 질문을 해도
괜찮다는 말로 잔뜩 얼어 있는 청중들을

격려해준다. 지구에서 있었던 일에 관해서는 이제 아무래도 좋기 때문이다. 깊고 검은 눈동자 아래로 타오르는 생명의 불꽃, 77 페이지에 달하는 소원의 주인공이 첫 번째 질문을 기다린다.

작가의 말

불멸의 인절미는 내 첫 소설이 아니다.

나는 초등학생 시절부터 많은 소설을 썼다. 인터넷 커뮤니티에 판타지 소설을 연재해 가끔 소소한 인기를 얻기도 했다. 수락하지는 않았지만, 어떤 작품은 출간 제의를 받았다.

내가 만든 주인공은 돈 걱정할 필요 없을 만큼 부유하거나 곧 부유해질 예정이었다.

강하고 아름다운, 병들지 않고 죽지도 않는 피조물. 그는 내가 설정해둔 세계의 멋진 풍광을 주유하며 매력적인 등장인물과 짜릿한 경험을 했다. 더러 궁지에 몰리는 경우가 생겨도 곧 괜찮아졌다. 고난이 있는 이유는 단 하나, 더 좋은 삶을 만나기 위해서였으니까.

소설을 쓰지 않는 계정으로는 주로 죽고 싶다고 썼다.

소설 쓰는 유리와 죽고 싶다고 쓰는 유리 둘 다 잘 살아보려고 노력했던 애들인데, 둘은 사이가 안 좋았다. 성격 차이가 심했나? 그들은 자주 다퉜고, 계속 다투다가, 나중에는 죽고 싶다고 쓰는 애가 소설 쓰는 애 모가지를 뽑아서 꺾어버리고 말았다.

그래서 나는 이제 픽션에 완전히 질렸다.
가출한 드래곤이 인간으로 폴리모프해
우당탕탕 재밌는 사고를 치고 다니든 말든,
학대당한 애가 정령왕의 딸이 되어 원 없이
사랑받든 말든 나랑 아무 상관 없다고 느낀다.
글 속 세계는 내 세계가 아니고 주인공은
내가 아니다. 혼자 빈 공간에서 활자로 된
금은보화를 걸쳐봤자 하나도 신나지 않았다.
외로울 때 외롭지 않다고 쓰면 모욕당한
기분이 들었다.

지금도 난 소설보다는 집회 현장에서
읽는 발언문을 더 좋아한다. 내가 원하는 건
지금 당장 생생하고 단단해 어떻게든 만질 수
있는 것이고, 거짓말도 뒷담도 아닌 것이다.
대놓고 거침없이 굴지 못해 조금 물러나는
포즈도 아니며 원본에서 비켜서면서 짓는

의뭉스러운 표정도 아닌, 현실에 필요하고
정당한 것. 내가 원하는 건……. 살아서
움직이는 인절미 하나.

　　동물은 정성을 들여 오래 돌볼수록 더
예뻐 보인다.
　　인절미는 죽기 직전에 가장 예뻤다.
　　잠이 많아져서 불러도 쉽게 깨어나지
않았는데, 좋아하는 먹이를 주면 잠에서 덜
깬 눈으로 허둥지둥 일어나는 모습이 미치게
귀여웠고. 싫어하는 약을 먹거나 발라야
할 때면 약을 든 내 손을 피해서 내 품으로
도망쳐 안기던 바보 털 뭉치야.
　　다음 몇 가지 질문에 진실로 이루어진
답변을 얻을 수만 있다면 우리가 다시 만날 수
없어도, 다시 소설을 쓰게 되어도 괜찮다.
　　인절미, 건강한가?

어디 다친 데는 없고?

밥은 먹었나?

어디에서 어떻게 있든 잘 지내기를
바란다. 빈방 찬 새벽에 눈물이 나듯이 너를
사랑한다.

2024년 여름

한유리

한유리 작가 인터뷰

Q. 《불멸의 인절미》는 그간 에세이 《눈물에는 체력이 녹아있어》(중앙북스, 2022)와 공저로 참여하신 인터뷰집 《엄살원》(위고, 2023)을 쓰셨던 작가님이 처음으로 발표한 소설입니다. 일기나 에세이와는 다른 소설 쓰기의 어려움이나 즐거움은 없었는지 궁금합니다. 앞으로 작가님의 다른 소설도 기대해볼 수 있을까요?

A. 일기나 에세이는 최대한 쉽고 명확하게, 실제 사건과 정보를 전달받는 사람 사이의 오해를 최소화하는 방향으로 초점을 잡고 씁니다. 소설을 쓸 때는 달라요. 픽션은 형식에 더 집중하게 됩니다. 이 소설의 경우에는 오직 표면만 존재하도록, 표면이 가장 깊은 내부와 하나가 되도록 썼습니다.

픽션을 하나 쓰고 나면 픽션 영역이

좀 활성화돼서 다른 픽션도 함께 자란다고
느껴요. 내가 힘을 집중한 이야기 하나만
커지는 게 아니라 원래 가지고 있었던 여러
이야기의 씨앗에도 한꺼번에 살이 붙는
느낌입니다. 조건이 된다면, 감사하게도
어디선가 돈과 시간을 주신다면 더 쓸 수도
있겠지요.

Q. 작품에는 '유리'와 '여름', '티라미수'와 '인절미'가 등장합니다. 여름은 실제로 작가님과 방을 나누어 쓰는 사이고, 티라미수와 인절미도 작가님의 에세이에 등장하던 기니피그들이잖아요. 그래서 처음 이 소설을 읽기 시작했을 때는 현실과 가상의 경계에 걸쳐 있다고 느꼈어요.

그런데 책장을 넘길수록 완전한 소설이라는 생각이 들었습니다. 현실에 있는 유리와 여름이 소설 속 유리와 여름처럼 신림동 반지하 쓰리룸에 살고, 비건지향식을 해 먹고, 집안일을 나누어 하고, 유리가 위즈덤하우스와 계약한 소설을 쓰고 있다고 하더라도 현실의 유리와 여름이 소설로 자리를 옮겨 온 게 아니라 우연히 같은 행동을 하는 별개의 인물들로 여겨졌거든요.

《불멸의 인절미》를 집필하실 때 이름에

관한 고민은 없으셨는지 듣고 싶어요.
얼핏 자전적으로 보일 수 있는 소설을 쓸
때 독자들이 이것을 어떻게 받아들일지
우려스러웠던 부분은 없었나요?

A. 유리도 여름도 인절미도 진짜 있다,
그럼에도 이 글이 소설이라는 점이 독자에게
납득이 되지 않는다면 제 역량 부족이라고
생각합니다. 저랑 소설 속 유리는 다른데,
같다고 오해해도 괜찮고 다르다는 점에서
흥미를 느껴도 좋아요.

자전적 소설이라고 받아들여지는 경우
제가 우려해야 할 부분이 있을까요?

음……. 일단 저는 북부대공의 욕망을
소원하지 않습니다. 로맨스 판타지 장르에서
제가 매료되는 쪽은 늘 마탑의 주인입니다.

여름은 여름이 나오는 부분을 다 읽어본

후 여름을 좀 더 섹시하게, 좀 더 귀엽게,
좀 더 예쁘게 묘사해달라고 요구했지만
거절했고요, 고심 끝에 지금의 형태로 쓰게
되었습니다. 현실 여름에게는 소설보다
더 섹시하고 귀엽고 예쁜 면이 있으니
참고해주시면 감사하겠습니다.

Q. 작가님은 슬픔을 쓰는 데도
탁월하지만, 기쁨을 마치 손에 잡힐
듯 그려내는 것에도 능숙한 사람이라
생각했습니다. 예를 들어 유리가 흐르는 물에
씻어 깨끗이 손질한 미나리를 인절미에게
주었을 때, "인절미가 기쁨에 겨워 펄쩍
뛰어오르더니 활기차게 미나리를 갉아
먹는"(20~21쪽) 모습이라든지 여름의
별에서 태어난 존재들을 묘사하는 장면이
인상적이었어요. "순간 청중들 사이에
떠다니던 기뻐하면 반짝이는 존재들의 몸이
반짝 환해진다"(45쪽), "그러자 기뻐하면
반짝이는 존재들이 순식간에 하나둘 빛으로
번지며 사방으로 광채를 뿜는다"(50쪽).
이렇게 슬픔과 기쁨을 묘사할 때 특별히 신경
쓰는 것이 있나요?

A. "인절미가 기쁨에 겨워 펄쩍
뛰어오르더니 활기차게 미나리를 갉아 먹는"
모습 참 좋은 장면이죠. 꼽아주셔서 감사해요.
기니피그는 실제로 긍정적인 감정이 격해지면
펄쩍 뛰어오릅니다. 인절미가 그러는 모습을
볼 때마다 감사하고 행복해서 가슴이
벅찼어요. 좋아하는 영화를 돌려 보는 것처럼
머릿속에서 수백 수천 번 곱씹었어요.

기뻐하면 반짝이는 존재들은…… 어둠
속에 있으면서도 빛을 보기 전까지는 내가
있는 곳이 얼마나 어두운지 알 수 없었던
경험을 생각하며 만들었습니다.

Q. 유리는 "인생을 유료 구독 중인 노동자"이기 때문에, "사표가 수리된 순간 인생 구독 서비스 종료까지의 카운트다운이 시작된 것과 마찬가지이므로"(9쪽), 그리고 "인절미의 기침이 심해"(35쪽)져 급히 아르바이트를 구하기 위해 구인 구직 사이트에 접속합니다. 지금껏 "특출난 자격을 요구하지 않는 여성노동"을 대부분 겪어본 유리는 각각 다른 이유로 수많은 공고를 "패스" 또는 "보류"하지요(36쪽).

작품 속 유리와 같이 "번듯한 회사에 가서 정상적으로 근무할 생각을" 하면 이마에 식은땀이 나는 사람들, "4년제 대학 졸업 학위가 유효해지는 자리는 대체로 끔찍하다. 왜냐하면……"(38쪽) 뒤에 자신만의 사정을 덧붙일 수 있는 사람들이 있습니다. 노동에 내어줄 시간이나 기력, 마음이 없어서 이 아르바이트를 "패스"하고 저 아르바이트를 "보류"하는 모습은 "정상적으로 근무"할 수 있는 사람들에게는 다소 의아하게 느껴질 수도 있겠지만요.

하지만 유리에게는 "도와달라는 연락을" 돌릴 수 있는 친구들이 있습니다(48쪽). 인절미가 매일 입원해야 했던 시절, "저 멀리서 밤샘 근무를 마치고, 새벽이슬을 맞으며 유리의 집으로 와서 유리가 이동장에 넣어둔 인절미를 품에 안고 다시 한 시간 거리의 병원으로, 월요일부터 금요일까지 매일. 아무 대가를 받지 않고, 인절미가 나아지기만을 바라면서"(50쪽) 인절미를 병원까지 데려다준 여름이 있었어요. 유리에게는 다행인 일이지만 여름처럼 좋은 친구가 주변에 있다는 건 모든 사람이 누릴 수 있는 행운은 아니잖아요. 아직 그런 행운을

가져보지 못한 사람들은 어떻게 살아갈 수
있을까 하는 고민도 남습니다.

　　A. 대가를 받지 않는다고는 하지만,
여름도 그 행동으로 뭔가를 얻기 때문에
움직이는 게 아닐까요? 저는 그렇거든요. 저는
제게 쓸모 있는 사람을 친구로 사귑니다.
　　이 쓸모라는 것은 부와 명예와 권세, 막
그렇게 비정한 개념은 아니고요, 보고 있으면
기분 좋다, 이상한 말만 하고 재밌다는 모호한
느낌까지 포함하는 것인데요, 그렇다고 또
제게 너무 지나치게 매력적으로 느껴지는
분이면 일상생활에 색욕이 끼어들어
피곤하니까 제 느낌에 적당히 '좋아!' 정도인
사람이 좋아요. 그렇게 사귄 친구들에게는
대가를 받지 않고 일해주기도 합니다.
어떤 방법으로든 계속 곁에 두면 저한테

좋으니까요.

　제가 그렇다면, 남에게도 친구로 사귀고
잘해주기로 정하는 기준이 있지 않을까요?

　그런 기준에 합격할 수 없는 심신을
가지게 되면 사는 데 여러 문제가 생기겠죠.
불합격된 이유가 자기 탓이 아닌 경우도
많아서, 저는 이게 정말 심각한 사회문제라고
생각합니다. 돈이 있으면 그나마 낫지만,
이건 돈조차도 완전히 해결할 수 없는
문제이기 때문에⋯⋯. 무료로 타인과 함께
있을 수 없는 사람, 그런 사람들이 겪는 일을
자주 찾아봐요. 두려워서. 우정과 사랑같이
두루뭉실하게 통용되지만 사실은 너무나
잔인하고 철저한 뭔가를 두려워합니다.

Q.《불멸의 인절미》에서 식사도 중요한 장면 중 하나로 꼽을 수 있습니다. 장을 보고 식재료를 손질하고 요리하고 그것을 먹고 치우는 과정이 반복해서 등장하지요. 엄살원에서 활동가들을 불러 식사를 대접하듯, 밥을 먹인다는 건 때로 대접하고 돌보는 일이기도 하잖아요. 티라미수와 인절미를 부양하느라 지친 유리가 자기 자신도 보살피고 있으며, 남을 착취하지 않고 일상을 이어가려 노력한다는 것을 알 수 있어서 좋았어요. 그걸 가능하게 하는 게 '반려동물' 그러니까 동반자나 친구, 식구의 힘이라고 느꼈습니다. 죽는 것보다 살아 있는 것이 괴로워도 살아가게끔 만들고, 혼자였다면 소홀해지기 쉬웠을 자기 돌봄 앞으로 멱살을 잡고 질질 끌고 가는 내 옆의 존재들을 떠올리게 했고요. 이 역시 유리가

"인절미가 살아 있는 편이 죽는 것보다는 낫다고, 그게 자신을 위해 좋다고 판단하게 된 순간"(70쪽) 중 하나가 아니었을까 생각했어요.

A. 소설에 밥 먹고 집안일하는 모습이 들어가면 좋겠다고 생각했어요. 사실 밥만 제대로 차려도 하루가 다 가는데, 한국 현대 소설 읽으면서 가끔 의문이 들 때가 있었어요. 등장인물이 밥을 먹긴 하는지? 그렇다면 그 밥은 누가 차려주는지? 똥은 싸는지? 모든 소설에 그런 장면이 나올 필요는 전혀 없지만요. 그런 궁금증이 들 때는 제가 그 소설을 슬슬 재수 없다고 느낄 때 즈음인 것 같습니다.

자기 자신 돌봄……. 나를 먹여야 일을 하고, 저렴하게 먹이려면 집밥을 해야

하고……. 식구가 있어서 더 충실히 먹는
것도 맞습니다. 절미가 없어지면 자기 돌봄
의지가 더 떨어지게 되는 것도 맞고요. 착취에
관해서는 잘 모르겠네요. 완전히 비건식으로
먹는다 해서 남을 착취하지 않고 먹을 수
있는 것도 아니라고 생각하지만, 동물을
덜 먹으려고 노력하는 게 습관이긴 해요.
그렇다고 멀쩡하게 비건지향인으로 살고 있는
것도 아니고요. 현실 유리는 그냥 이상한 생각
하면서 밥 먹는 사람입니다.

　　작중에 황태랑 계란 먹는 장면도
있잖아요. 황태, 죽을 때 괴로웠겠죠?
인간이 망쳐놓은 바다에서 살다가 인간에게
잡아먹히다니 끔찍한 일이라고 생각합니다.
닭은 갇혀서 끝없이 알 낳다가 밑이 빠져
죽기도 하고. 그게 닭이 원하는 삶은 아니지
않을까요? 가만히 내버려두면 알을 품거나

숨기는 등 닭이 선호하는 행동이 있고, 어떻게 살고 싶은지 나름대로 표현하는 바가 있는 것 같던데.

주신 질문과는 결이 다른 얘기지만 동물을 키우기에 착취 없는 삶을 지향한다는 주장이나 의견을 들을 때 저는 '난 아닌데……'라고 생각합니다. 앞서 말했듯이, 먹어야 일을 하니까요. 식구가 있다면 더더욱 잘 먹고 열심히 일해야죠. 먹기와 일하기가 둘 다 엉망진창 폭력 행위인 이상 저는 제 동물과 살기 위해 남을 죽이기로 한 거예요. 부양가족이 있다는 것, 그건 혼자 고결하게 굶어 죽을 자유조차 희박해진다는 것입니다.

Q. "내 소설 속에서, 너는 네 방식대로 강하고 아름다워. 반드시 행복할 거야. 운명과 인절미의 의견이 다를 경우 꼭 인절미에게 좋은 쪽으로."(61쪽) 《불멸의 인절미》 연재 당시 SNS 채널에 업로드되었던 문장입니다. 사랑하는 대상이 위대하고 강하고 아름답고 반드시 행복하길 바라는 믿음 그 자체도 강하고 아름답게 느껴졌어요.

그런데 우리는 으레 위대하지 않아도, 약하고 추해도 괜찮다거나 특히 자기 자신에 대해 말할 때는 오히려 자해에 가까울 만큼 자기 자신을 좋지 않은 곳으로 끌어내리면서 괜찮다고, 또는 괜찮지 않다고 말하는 것이 윤리적으로 올바르다고 여기는 것 같아요. 이 작품에서도 대체로 슬퍼하는 주체의 자리에는 유리가, 기뻐하는 주체의 자리에는 기니피그나 외계인, 친구처럼 유리가 아닌 존재들이 있고요.

왜 사랑하는 존재들(친구 또는 가족, 비인간 동물)에게는 짐짓 비윤리적으로 보일 수도 있고 내 신념에서 벗어난다고 느끼더라도 그들이 강하고 아름답길, 몹시 건강하고 하는 일이 모두 잘되길, 그를 사랑하지 않는 사람은 이 세상에 존재하지 않길 바라게 될까요? 건강하고 강하고 아름답고 행복한 상태만이 우리가 그들을 위해 빌어줄 수 있는 가장 좋은 것이라고 인정해버릴까요? 그러면서도 왜 나 자신에게는 그런 소원이나 믿음을 쉽게 내어주지 못할까요? 진짜 사랑 앞에서는 무장 해제되어버리는 이 마음을 어떻게 다뤄야 할지 잘 모르겠어요.

A. 저는 모든 등장인물에게 공정하려고 노력하는 편인데, 그게 제 자신에게 좀

냉담하게 구는 것처럼 보일 수도 있겠네요.
자신에게 소원이나 믿음을 내어주지 않는 건
소설 속 유리를 길어 올린 저 자체가 그다지
살고 싶지 않아 해서 그런 걸 수도 있을 것
같아요. 태어나는 단계부터 취소하고 싶다,
처음부터 안 태어났으면 참 좋았겠다는
감각을 자주 느낍니다.

　　나, 건강하고 싶나? 생각해보면 별로
그렇지 않고, 아픈 게 싫어요. 강하고 싶나?
생각해보면 약해서 서러운 게 싫습니다.
아름답고 싶나? 이런 상태에서 제가
아름다움과 관계하지 못한다면 계속 살아갈
수 있다는 자신이 없네요.

　　인절미의 방식으로 강하고 아름다운
무엇이 인간이 생각하는 상태와 일치할지
모르겠어요. 지구 기니피그도 아니고 우주
기니피그이기 때문에……. 최고로 강한 우주

기니피그는 노래를 잘하는 기니피그일 수도 있지 않을까요? 우주 기니피그가 자랑하는 아름다움은 겨드랑이 털의 북실함과 같은 것일 수도 있고요. 도저히 모르겠어요 우주 기니피그의 기준을…….

그러나 인간 유리는 바로 그 강함과 아름다움을 언급한 것이 맞습니다. 인간이 아는 최고의 뭔가를 주고 싶어 했던 게 맞습니다. 실물 유리가 평소에 약해도, 추해도 괜찮다고 말하면서 정말 괜찮게 만들고자 노력하며 일하는 이유는 우리가 약하고 추한 상태에서 절대 나갈 수 없다고 인정하기 때문입니다. 바꿀 수 없는 조건 속에서 살아가야 하기에 사람을 살리기 위한 생각을 만드는 것이지, 사랑하는 존재가 강할 수 있고 아름다울 수 있다면 좋겠지요. 전 그걸 마다하는 사람이 아니에요.

저는 부의 축적에 관심이 없는
인간이지만, 인절미 연명 치료 할 때는
다시는 돈 없고 싶지 않다는 생각을 했습니다.
병원에 매일 15만~20만 원씩 낼 수 있다면,
회사에 묶여 있지 않고 인절미를 돌봐줄 수
있다면 인절미가 좀 덜 아프게 지내다 갈 수
있을 텐데, 돈과 시간이 없으니까……. 동물
공공의료 확충? 반빈곤 운동? 그런 거 말고
오늘 바로 병원비가 필요했던 때. 그땐 남을
해쳐서라도 돈을 얻고 싶었습니다. 악마에게
영혼이라도 팔고 싶었어요. 제 선택 때문에
남들이 전부 고통받게 된다 하더라도 저랑
절미가 그만 괴롭고 싶기만 했습니다.

　사랑, 이토록 징그럽고 이기적인 사랑을
저만 할 줄 아는 게 아니라 남들도 하고,
너무 많은 인간이 사랑에 빠져 제정신이
아니고, 그렇다면 이 세상은 정말 망했구나.

그래서 세상이 이렇게 망했구나. 사랑을
각자 소유해서는 안 되겠다. 그래서 결론은,
만약 제가 독재자가 된다면 사적인 사랑을
금지하겠다는 것입니다. 민주주의가 여러분을
무엇으로부터 지켜주고 있는지 아시겠나요?

한 조각의 문학, 위픽 (wefic)

위픽은 위즈덤하우스의 단편소설 시리즈입니다.
'단 한 편의 이야기'를 깊게 호흡하는
특별한 경험을 선사합니다.

이 작은 조각이 당신의 세계를 넓혀줄
새로운 한 조각이 되기를.
작은 조각 하나하나가 모여
당신의 이야기가 되기를.

당신의 가슴에 깊이 새겨질
한 조각의 문학, 위픽

위픽 뉴스레터 구독하기
인스타그램 @wefic_book

- 59

불멸의 인절미

초판 1쇄 인쇄 2024년 7월 26일
초판 1쇄 발행 2024년 8월 14일

지은이 한유리
펴낸이 최순영

출판2 본부장 박태근
스토리 독자 팀장 김소연
편집 곽선희 김해지 이은정 조은혜
디자인 이세호

펴낸곳 ㈜위즈덤하우스 **출판등록** 2000년 5월 23일 제13-1071호
주소 서울특별시 마포구 양화로 19 합정오피스빌딩 17층
전화 02) 2179-5600 **홈페이지** www.wisdomhouse.co.kr

ⓒ 한유리, 2024

ISBN 979-11-7171-709-5 04810
     979-11-6812-700-5 (세트)

값 13,000원